Renate & Uwe H. Sültz
Bücher von A bis Z

Gruss aus Bad Königsborn.

Luises
kleine Schneiderei
in Bad Königsborn bei Unna um 1880

BoD - Books on Demand
Norderstedt 2020

SUELTZ BOOKS

Bibliografische Information durch die Deutsche Nationalbibliothek
Die Deutsche Nationalbibliothek verzeichnet diese Publikation in der
Deutschen Nationalbibliografie; detaillierte bibliografische Daten
sind im Internet über http://dnb.dnb.de abrufbar.

SÜLTZ BÜCHER... bekannt mit den Gesundheits-Tagebüchern!

© 2020 Renate & Uwe H. Sültz
Herstellung und Verlag:
BoD – Books on Demand, Norderstedt
ISBN 9-78375-1-92167-1

Diese Geschichte spielt in Bad Königsborn um 1880 zur Zeit der Monarchie in Deutschland. Bereits in den 1730'er Jahren begann der preußische Staat mit der Errichtung einer Saline. Die erste Sole-Quelle (Born) wurde nach dem Preußischen König Wilhelm I. „Königsborn" genannt.

Kaiser Wilhelm der Erste wurde 1871 zum Kaiser ernannt. Ein deutscher Nationalstaat entstand. Durch die Hochindustrialisierung ging es Deutschland recht gut. Das hielt bis zum Ausbruch des ersten Weltkriegs 1914 an. Damals verlor die Monarchie ihre Dominanz durch die soziale Not.

Es gab erst ab 1885 erste Fahrzeuge und dampfbetriebene Straßenbahnen.
Pferdekutschen dominierten das Straßenbild.

Bad Königsborn im Jahr 1880

Luise sah sehr schön aus in ihrem neuen Kleid. Der Jugendstiel hatte gerade Einzug gehalten und prägte die Modewelt. Ausladende Reifröcke oder Kostüme, sowie überdimensionale Hüte waren hochmodern!

Die junge Frau hatte Schwierigkeiten ihren Rock zu fassen, schaffte es aber dann doch in die wartende Kutsche einzusteigen. Sie musste schnell ins Geschäft. Luise war Inhaberin einer kleinen Schneiderei in der Kaiserstraße, schräg gegenüber der Saline. Zu früheren Zeiten war Luises Laden sehr besucht.

Selbst Otto von Bismarck hatte schon bei ihr schneidern lassen.

Er kam extra aus dem fernen Berlin nach Bad Königsborn, auf Empfehlung von seiner Hof-Schneiderin Konstanze. Konstanze und Luise waren eng befreundet. Zu Konstanze kommen wir später noch einmal. ... Nun ist es sehr ruhig geworden, obwohl es den Leuten nicht schlecht ging. Luise selbst hatte sich in einer kleinen Hinterhofwohnung niedergelassen. Das genügte ihr vollkommen, denn sie hatte für sich keine großen Ansprüche. Außerdem war die Wohnung günstig; sie musste sparen wo es nur möglich war. Drei Angestellte waren in ihrem Laden beschäftigt und mussten alle zwei Wochen bezahlt werden.

Angekommen an ihrem kleinen Laden, sagte Luise dem Kutscher, dass er einige Minuten warten möge. Sie stieg noch nicht aus, sondern beobachtete, wie ein gutgekleideter Herr ihr Geschäft verließ.

Der Anblick des Mannes machte sie stutzig, denn wie lange war es her, als solche Leute sie aufgesucht hatten? Er rief eine Kutsche herbei... weg war er...

Luise stieg nun aus und ging in die Schneiderei. „Luise, Luise, was denkst du wer gerade hier war?" Lotte konnte vor Aufregung kaum sprechen. „Bitte langsam, Lotte.", sagte Luise und Lotte fuhr fort: „Ein Adeliger scheint er zu sein, ein feiner Herr... nur in Seide gekleidet. Er bestellte eine große Menge Gardinen und Brokatvorhänge. In drei Wochen will er alles abholen lassen. Eine großzügige Anzahlung hat er geleistet!" Lotte war immer noch sehr aufgeregt. Als beste Näherin verdiente sie für damalige Verhältnisse recht gut, 100 Mark, das kam schon fast dem Gehalt eines Beamten gleich... Luise sagte immer: „Du bist es Wert, darum zahle ich dir einen guten Lohn." „Hast du dir den Namen Herrn aufgeschrieben, Lotte?", bemerkte die Chefin. „Natürlich, er hieß Freiherr von Beck!" „Von der Anzahlung werde ich die Stoffe kaufen, damit wir pünktlich liefern können.", sagte Luise. Sie benötigte feinste Seide und Brokatstoffe. Am nächsten Tag fuhr sie nach Paris zu einer befreundeten industriellen Familie, die eine große Weberei besaß und Seide aus Indien bezog. Luise bestellte das, was sie benötigte und fuhr nach Bad Königsborn zurück.

Einige Tage später kam die Ware mit der Bahn und musste vom Personal abgeholt werden. Nun flogen die Stoffe hin und her... es

wurde gemessen und genäht... alles musste genau stimmen... keiner durfte sich einen Patzer erlauben, denn die Stoffe waren zu wertvoll.

Einige Wochen später ließ Freiherr von Beck die fertigen Gardinen abholen. Gleichzeitig schickte er an Luise eine Einladung, um sich für die problemlose und gute Fertigstellung zu bedanken. Auf der Einladung stand „Schloss Höllinghofen".

„Na, ja, Schaden kann es nicht dieser Einladung zu folgen.", sagte Luise. Einige Tage später befand sie sich in bester Gesellschaft wieder. Der Landadel bat zu Tisch. Der Herr des Hauses, Emanuel von Beck, war noch recht jung. Vor einiger Zeit zog er in dieses Schloss, renovierte es aufwändig... die schönen Vorhänge und Gardinen von Luise zeigten seinen guten Geschmack.

Der Freiherr wollte viel wissen von Luise, ebenso seine Schwester, die das Schloss ebenfalls bewohnte. Das Essen war wunderbar; und der Wein stieg Luise in den Kopf.

„Ich werde sie selbstverständlich mit der Kutsche zurückbringen lassen.", sagte von Beck. „Ich fahre gern mit, damit sie gut ankommen."

Luise schämte sich. Musste ausgerechnet dieser tolle Mann sehen wo sie wohnt? In einer schäbigen Hinterhofwohnung... nein, das wollte sie auf keinen Fall! „Ach, wissen sie, bis zur Kaiserstraße in Bad Königsborn ist doch zu weit, Ihre Zeit wird zu kostbar sein." „Ungern, aber wenn es ihr Wunsch ist.", entgegnete von Beck.

Sie verabschiedeten sich und von Beck bedankte sich nochmals für die wunderbare Arbeit. Geschickt lud er sie zu einer Bootsfahrt ein. Der Möhnesee war nicht weit vom Schloss entfernt, die wunderbare Landschaft lädt zum Spaziergang oder zum Rudern ein.
Luise willigte ein.

Das Glöckchen der Ladentür müsste geölt werden, man nahm sie kaum mehr war. Als Emanuel von Beck eintrat, konnte man aber seine kräftigen Schritte wahrnehmen.

Lotte kam aus der Nähstube nach vorne und wollte wissen, was sie für ihn tun könne. Dieser wollte Luise zur Bootsfahrt abholen. Luise gab dem Personal Anweisungen und freute sich nun auf den Ausflug. Immer wieder musste Konstanze neuerdings dem Personal unter die Arme greifen, da, oh Wunder, viele Aufträge hereinkamen. Aber erst seit von Beck ihr Kunde wurde!

Es musste sich wohl sehr schnell herumgesprochen haben, dass von Beck Kunde bei ihr war. Den Verdienst, den die Kundschaft brachte, konnte Konstanze dringend gebrauchen.

Sie fuhren mit der Kutsche zum See und genossen den sonnigen Tag. Auf der Heimfahrt schaute Emanuel Luise lange an und bemerkte: „Sie sind eine sehr schöne Frau, Luise."

Verlegen schaute sie zur Seite und antwortete nicht. Nachdem sie in Bad Königsborn angekommen sind, verabschiedeten sie sich. Sie traute sich nicht ihm in die Augen zu sehen, so verlegen hat sie Emanuel gemacht. Schnell stieg sie aus und verschwand im Laden.

Von Beck war ein Mensch, der sich nie auf die faule Haut gelegt hatte; er angargierte sich in der Industrie und im Bergbau. Über Arbeit konnte er sich nicht beklagen, schließlich musste das Schloss finanziert werden. Was nutzte ihm der Adelstitel, wenn er ein armer Schlucker war.

Luise arbeitete mit Lotte und den beiden anderen Frauen ununterbrochen. Es wurde gemessen, zurechtgeschnitten und genäht. Die feinen Damen und Herren der Gesellschaft kamen gern zur Anprobe oder bestellten Stoffe.

Über Aufträge konnte sich Luise nicht beklagen, das war auch gut so, so konnte sie die Löhne pünktlich bezahlen. Die Ladenmiete war auch nicht billig... nach langer Durststrecke konnte Luise nun endlich aufatmen! Selbst für den Leierkastenmann, der sich seit einigen Tagen vor dem Laden platzierte, fiel immer etwas ab.

Nach ein paar Wochen meldete
sich Freiherr von Beck wieder bei
Konstanze. Er kam, wie immer
nicht lautlos, in den Laden
gelaufen und rief voller Freude:
„Fräulein Luise, ich bin es,

Emanuel!" Sie hörte es nicht, denn sie war gerade damit beschäftigt
ihre neuste Errungenschaft auszupacken... eine neue Nähmaschine!
Es war ihre erste Nähmaschine, eine Opel, auf die Luise sehr stolz
war... nun konnte sie noch schneller arbeiten.

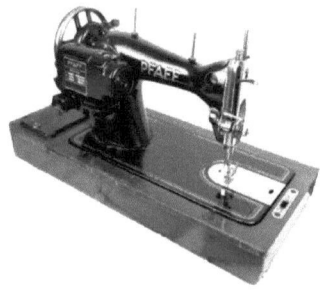

Immer wieder rief von Beck:
„Luise, ich bin es, Emanuel!"
Endlich reagierte sie und kam in
den Laden. „Guten Tag, Emanuel,
kann ich etwas für sie tun?"
„Nein... oder doch!" Er wusste
nicht wie er beginnen sollte...

„Ich möchte mit ihnen ins Theater fahren." Schon wieder eine
Einladung, dachte sie... sie wurde rot. Was bezweckte er damit?
„Ja, gern, Emanuel."

„Jetzt Sonntag!" Emanuel freute sich. Von Beck weiter: „Fräulein
Luise, ich habe gehört, dass der Mietshausbau in Unna floriert, ich
könnte ihnen in einer besseren Umgebung eine Wohnung besorgen.
Außerdem bin ich mit dem Bürgermeister Fritsche sehr bekannt."
„Sie meinen es sicher gut mit mir, aber ich möchte hier nicht weg,
ich bin hier aufgewachsen und meine Kundschaft wohnt hier."

Am Sonntag fuhren sie gemütlich mit der Kutsche ins Theater. Eine wunderbare Aufführung bei der sich auch Luise und Emanuel näher kamen. Plötzlich saßen sie ganz eng beieinander. Ungewollt berührten sich ihre Hände... erschrocken zog Luise ihre Hand zurück. Aber Emanuel zog sie wieder an sich und küsste ihre Hand... sah sie an... ihre Blicke trafen sich.

Von diesem Augenblick an begann eine Romanze.

Nach wie vor trafen sie sich. Die Schneiderei lief gut. Viele Menschen zogen hierher, auch sie wurden Kunden der Schneiderei. Dem Leierkastenmann ging es ebenfalls recht gut. Von den Groschen, die er bekam, konnte er gut leben. Von jetzt an sollte sich alles ändern.

Regelmäßig fuhr Luise nun mit dem Zug nach Frankreich um Stoffe zu kaufen. Auch an diesem Tag... ausgerechnet jetzt... inmitten des Erfolgs, geschah das Unfassbare...

Sie wollte gerade in den Zug einsteigen und machte einen Fehltritt... sie fiel... der Zug kam in Fahrt und, wie furchtbar, er fuhr über ihre Beine... es war grausam.

Man brachte sie in eine Krankenanstalt. Der behandelnde Arzt sagte nur: „Mein Gott, so eine junge Frau." Die Operation dauerte sehr lange. Am nächsten Tag konnte der Arzt Luise mitteilen, dass sie ihr Beine zwar behalten kann, jedoch die Nerven geschädigt sind, so dass sie nie wieder laufen könne.

Luise weinte unaufhörlich. Eine Welt brach für sie zusammen. Ihre Schneiderei... ihre Wohnung, in der sie sich so wohl gefühlt hatte... was soll nun werden?

Sie musste stark sein, irgendwie musste es weitergehen, dachte sie.

Luise veranlasste, dass Emanuel, Lotte und einige Freunde, eine Benachrichtigung erhielten.

Der Aufenthalt im Sanatorium dauerte viele Wochen... Luise kämpfte, ihr Lebensmut verhalf ihr dabei, dass sie wieder nach Hause konnte. In der Zwischenzeit teilte ihr Lotte mit, dass sie sich nicht um das Geschäft sorgen müsse. „Ich werde mich darum kümmern, alles wird gut!"

Emanuel erhielt den Brief während einer geschäftlichen Besprechung. Er öffnete den Brief, setzte sich, eiskalt lief es ihm über den Rücken. Sein Einglas glitt ihm vom Auge, ganz bleich wurde er.

Er rief nach seiner Hausdame Berta: „Bitte packen sie mir sofort das Nötigste für einige Tage ein, ich verreise!" Berta stellte keine Fragen, aber sie vermutete, dass, anhand vom Gesichtsausdrucks von Becks, etwas nicht stimmt. Der Schlossherr rief die Kutsche, einige Stunden später kam er zu Luise.

Das Krankenhaus machte einen beängstigenden Eindruck... kalt und unpersönlich war das Gemäuer. Aber es nutzte nichts, er musste zu Luise. Er weinte noch bevor er das Zimmer betrat. Emanuel öffnete die Tür. Sie saß im Rollstuhl... mit dem Gesicht zum Fenster.
Sie schämte sich.

Luise wollte nicht, dass er sie so sah. Er flüsterte: „Bitte, mein Schatz, drehe dich zu mir um, bitte." Langsam drehte sie sich zu ihm, ganz gelang es ihr jedoch nicht.

Ihre Schönheit hatte nicht gelitten… aber die Seele… was war sie denn noch wert? Sie konnte nicht mehr laufen, die Gedanken an die Zukunft verwarf sie.

Aber Emanuel ließ sich nicht von ihrer Behinderung beeinflussen, er sprach: „Luise, ich habe dich als eine lebensbejahende, fleißige Frau

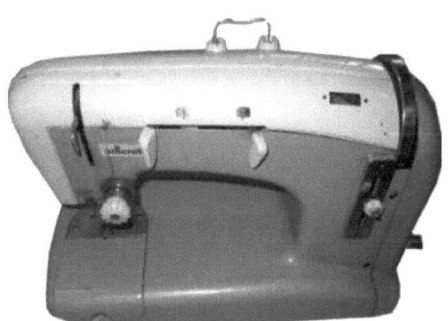

kennengelernt, dazu noch jung und schön, bitte verzweifle nicht. Ich werde immer für dich da sein. Die besten Ärzte werden wir konsultieren, mit Geduld und meiner

Liebe zu dir wirst du wieder laufen können. Glaube fest daran, bitte."

„Emanuel, mein Traum ist zerplatzt, es lief doch alles so gut."
„Aber Luise, es läuft auch weiterhin so gut, ich werde die
Schneiderei übernehmen, wir heiraten und du sitzt weiterhin an
der Nähmaschine und organisierst alles."

Sie konnte nichts mehr sagen: „Aber,... aber,..." „Nichts, aber,...",
grinste Emanuel und küsste sie zärtlich. Vieles wurde ihr nun klar
und sie weinte vor Glück.

Die Hochzeit fand im Schloss statt. Sie heirateten in Weiß.

Luise war eine schöne Braut. Sie lebten bis zum Kriegsausbruch 1914
im Schloss. Emanuel starb wenig später an einer Lungenentzündung.
Luise und ihr Söhne hatte in der Schweiz ein Zuhause gefunden.

Aus der kleinen Schneiderei wurde dank des Herrn Freiherr von Beck
ein riesiges Unternehmen, das von der Schweiz aus geführt wurde.

Schneidereien wurden auch in Berlin, München und im Ausland eröffnet. In Berlin entstand die größte Schneiderei.
Luise erreichte ein hohes Alter. Wenn sie an ihre kleine Schneiderei in Bad Königsborn dachte, schmunzelte sie.

Wenig später zogen Sigmund und Fritz von Beck nach Berlin, um das Textilunternehmen ihrer Eltern weiterzuführen. Sigmund und Fritz starben relativ früh. Eine Erbkrankheit raffte sie dahin.

...

Da gab es noch Josefine, die Tochter von Fritz von Beck. Sie war eine schöne attraktive junge Frau im Alter von 28 Jahren. Sie war ganz verliebt in Bad Königsborn. Oft saß sie an der Saline und atmete die salzhaltige Luft ein.

Sie war anmutig, grazil und elegant, wie ihre Großmutter Luise. Das Haus in Bad Königsborn, in dem sich die kleine Schneiderei befand, existierte nicht mehr. Nach dem Krieg wurde alles neu bebaut, aus der Kaiserstraße wurde die Friedrich-Ebert-Straße. Josefine konnte sich aber, anhand von alten vergilbten Fotos, ein Bild von der kleinen Schneiderei machen.

Luise war ja sehr stolz auf ihren kleinen Laden. Er war Treffpunkt für die einfachen Leute und die gutbetuchten zugleich. Josefine war sehr stolz darauf, eine Großmutter gehabt zu haben, die in der Kaiserzeit in Bad Königsborn einen recht berühmten Namen trug. Viel musste in den ersten Jahren mit der Hand genäht werden. Später dann kam die erste Singer Nähmaschine, die schon damals sehr teuer war. Luise sparte damals an allen Ecken und Kanten, aber sie schaffte es. Nach und nach kamen noch zwei weitere Maschinen dazu.

Josefine hatte nicht nur die Schönheit ihrer Oma geerbt, sondern auch ihren Ehrgeiz, ihren Stolz und ihr Durchsetzungsvermögen.
Immer stolzer wurde Josefine, denn dass, was sie auf den Fotos sah und aus den Briefen ihrer Großmutter erfuhr, machte sie traurig und stolz zugleich. Nicht immer gab es gute Monate in der Schneiderei. Das Personal musste bezahlt werden und lieber verzichtete Luise auf viele Dinge, als dass sie ihr Personal vernachlässigte. Das hätte sie sich nicht leisten können.

Eigentlich sollte Josefine das Textilunternehmen ihres Vaters Fritz von Beck und ihres Onkels Sigmund weiterführen. Sie wollte nicht, denn sie hatte ganz andere Vorstellungen. Da ihre Großmutter immer schon ihr Vorbild war, erlernte sie den Beruf der Schneiderin und machte ihre Meisterprüfung. Josefines Herz hing an den nostalgischen Dingen. An den Kleidern und Hüten, die damals getragen wurden und vor allem an den kleinen Geschäften, die viel Gemütlichkeit und Wärme ausstrahlten.

Josefine veranlasste, dass das Unternehmen in andere Hände kam und machte in Bad Königsborn in der Kamener Straße ein kleines Geschäft auf. Eigentlich heißt es nun Königsborn, aber damit wollte sich die Enkelin von Luise nicht abfinden.

Normalerweise brauchte sie nicht mehr zu arbeiten, denn sie war schon jetzt eine sehr reiche Frau. Sie wollte einfach ihrer geliebten Oma eine Art Denkmal setzen mit dieser Schneiderei. Der Schriftzug über dem Eingang lautete: Josefines und Luises Nähstübchen. Dies sollte an ihre wunderbare Großmutter erinnern. Die junge Frau wollte Kleidung nähen, die zwar modern, aber auch einen Hauch der Nostalgie aus dem 19. Jahrhundert haben sollte. Sie hoffte damit eine einzigartige Mode auf den Markt zu bringen.

Josefine baute, von ihrem Ehrgeiz angespornt, ihren kleinen Laden auf. Alles war hochmodern und auch die besten Nähmaschinen konnte sie anschaffen. Sie stellte vier Näherinnen ein. Von den Räumlichkeiten her war es auch schon ausreichend. Liselotte, Klara, Conni und Brigitte waren einfach perfekt. Das Konzept stand und es wurden Probekleider genäht, die Josefine in ihrem kleinen Schaufenster ausstellte.

So konnte sich die künftige Kundschaft schon einmal ein Bild machen. Ihre Stoffe ließ sie sich von einer ansässigen Spedition liefern. Die edlen Stoffe suchte Josefine in verschiedenen Ländern aus, die dann wiederum diese Spedition beauftragte, die Stoffe abzuholen und auszuliefern.

„Frau von Beck!", rief Klara, „Sind denn schon Aufträge hereingekommen?" Josefine antwortete ruhig: „Nein, Klara noch nicht, aber es wird bestimmt nicht lange dauern, denn wir haben ordentlich Werbung gemacht."

Währenddessen in der Spedition:

„Frank, wie weit bist du mit den Speditionsaufträgen?", rief Holger Breitscheid. Er antwortete etwas genervt, denn mehr als arbeiten konnte er auch nicht: „Die Fracht muss noch gesichert werden, dann fahre ich selbst raus." „Dieses Mal ist es ganz in der Nähe", sagte Frank. „Okay, bis heute Abend dann, mein Freund.", murmelte Holger, während er die Halle verließ. „Ach ja, noch was ist wichtig. Denke bitte an meine Geburtstagsparty, deine Frau wollte doch einen Käse-Igel vorbereiten, den du mitbringen willst.", rief Frank noch.

Ja, einen Käse-Igel... wir sind in den 1970'er Jahren.

Josefine wartete an diesem Morgen ungeduldig auf eine Stofflieferung aus Paris. Feinste Seide hatte sie für ihre ausgefallenden Modelle gekauft. Sie stand hinter der Ladentheke und sortierte Ware ein, als die Tür aufging und die Hauseigentümerin Johanna Wirtz eintrat. Hanna war ihre Freundin.

Sie gingen zusammen in die Schule und verstanden sich so gut, als wenn sie Geschwister gewesen wären.

Aufgeregt sagte Johanna: „Fine, Fine ich kann nicht mehr, du musst mir helfen." „Was ist denn los Hanna?", fragte sie die junge Frau, die im gleichen Alter war wie Josefine. „Es ist etwas Schlimmes geschehen. Ich war heute beim Arzt und mir wurde eine schlimme Nachricht mitgeteilt.", antwortete die verzweifelte Frau. Johanna hatte einen kleinen Jungen von drei Jahren. Der Vater hatte sie schon kurz nach der Geburt des Kindes sitzen gelassen. Unter Tränen sprach sie weiter: „Fine, man hat mir nur noch ein halbes Jahr Lebenszeit bescheinigt, da ich Blutkrebs habe, der nicht mehr heilbar ist."

„Nun mache ich mir Vorwürfe, dass ich nicht schon viel früher zum Arzt gegangen bin.", sagte Johanna mit einer weinerlichen Stimme. „Was mache ich denn nur mit dem kleinen Danny, was soll aus ihm werden?"

Johanna brach zusammen. Josefine kam sofort angerannt und half der Freundin hochzukommen. Josefine versprach ihr: „Ich werde den kleinen Danny erst einmal vom Kindergarten abholen und zu dir bringen." „Du, geh' bitte schon mal nach oben in deine Wohnung und lege dich hin.", sprach Josefine mit einer beruhigenden Stimme.

„Was soll nur aus dem Kind werden, er braucht doch eine Mutter.", weinte Hanna. „Bitte, es wird alles gut, das verspreche ich dir liebe Johanna.", sagte Josefine.

Da der kleine Danny Josefine sehr gut kannte, freute er sich, als er von ihr abgeholt wurde. „Wo ist Mama?", fragte er schnell. „Deine Mama ist nur etwas müde Danny, sie hat sich hingelegt.", antwortete die junge Frau. „Ist gut.", lachte der aufgeweckte Junge und schlenderte mit Josefine nach Hause. Johanna erwartete die beiden schon und rief: „Da seid ihr ja endlich!" Johannas Stimme war sehr schwach, man konnte es deutlich hören. Das Kind sprang freudestrahlend auf das Sofa und wollte mit seiner Mutter spielen. Doch Hanna, wie sie von Josefine genannt wurde, atmete schwer und war froh, als der Kleine wieder ruhig mit seinen Autos spielte. Johanna sprach: „Fine, ich spüre, dass ich immer kraftloser werde, wir müssen uns einmal über Dennys Zukunft unterhalten." „Ich weiß schon, was du mir sagen willst Hanna, das Thema brauchen wir gar nicht erst zu diskutieren.", sagte Josefine. „Ich werde den Jungen zu mir nehmen und ihn großziehen.", antwortete sie mit ruhiger Stimme. „Aber vorerst steht dies noch nicht zur Debatte.", meinte Fine. Johanna konnte sich die Tränen vor dem Jungen nicht mehr verkneifen. Dieser kam angelaufen und drückte sie ganz fest.

Josefine musste wieder schnell in ihren Laden, denn sie erwartete schon ungeduldig die Stofflieferung. Ihre Mädels hatten sich schon gut vorbereitet mit den neuen Zeichnungen und Schnitten wollten sie zeigen was sie konnten und ihre Chefin nicht enttäuschen. Lotte, Klara, Gitte und Conni waren ausgebildete Schneiderinnen und auch schon auf Modenschauen angestellt. Sie waren schon ganz heiß darauf zu zeigen, was sie konnten.

Da die Stoffe kamen erst recht spät in der Spedition ankamen, kam es zu Verzögerungen. Der Lkw, der die Ballen aus Paris abholen sollte, hatte zudem unterwegs eine Panne.

An Josefines Nähstübchen angekommen, wurde Frank schon ungeduldig von Klara empfangen. Sie hastete zum Auto und stolperte

fast in Franks Armen. Der junge Mann konnte sich das Grinsen nicht verkneifen. „Eine attraktive Frau.", dachte er. Klara war gerade 22 Jahre jung und unglaublich ehrgeizig. Sie wollte unbedingt zeigen was sie konnte. Bei Josefine war das kein Problem, denn Fine ließ die Mädels machen, was sie für richtig hielten.

Klara war die verträumtere von den vier Frauen. Sie wollte unbedingt irgendwann einmal eine Familie und Kinder haben. Aber im Moment war dies noch kein Thema. Gerne spielte sie in den Pausen auch mit Danny, dem kleinen Sohn von Johanna, der Hauseigentümerin und

Verpächterin der kleinen Nähstube. In den drei Monaten des Ladenaufbaus hatte sie das Kind schon in ihr Herz geschlossen.

Josefine freute sich sehr über die wunderschönen Stoffe aus Paris, denn nun konnte es endlich losgehen. Tag und Nacht wurden Kleider und Röcke, aber auch Mäntel genäht. Alle Kleidungsstücke hatten einen Hauch von Nostalgie und erinnerten an manchen Schnittpunkten und Kragenausschnitten an die Mode des 19. Jahrhunderts. Ihre Großmutter Luise wäre sehr stolz auf sie gewesen.

Ein paar Tage später fand sich neugierige Kundschaft ein. Sie schauten sich um und waren schnell begeistert von der Qualität der Stoffe und dem Modestiel. Josefine stellte schnell fest, dass ihre Kundschaft gut betucht war. Das konnte ihr nur recht sein.
„Haben sie auch Kostüme in meiner Größe?", fragte Frau Göring.
„Aber sicher, ich werde einmal bei ihnen Maßnehmen.", entgegnete Klara schnell. Die Freude ließ ihre Wangen rot leuchten.

Ruck, zuck hatte sie alle Daten der Kleidergröße. „Ein Kostüm mit schwarzer Spitze am Kragen und diesen etwas ausgeschnitten wünschte ich mir.", sagte Frau Göring etwas schüchtern. Sie bat noch um einen lindgrünen Stoff und sehr kurzem Rock. Da die Mode zu diesem Zeitpunkt auf Mini eingestellt war und Frau Göring für ihr Alter noch eine tolle Figur hatte, konnte Josefine ihr den Wunsch nicht abschlagen. „Sie haben einen exzellenten Geschmack.", flüsterte Josefine ihr leise zu. „Vielen Dank.", antwortete die 50 jährige Dame. Josefine bot ihr an, doch in einer Woche wieder zu kommen, für die Anprobe. Nochmals dankend verabschiedete sich die Kundin.

Die Frauen machten sich sofort an die Arbeit. Es wurde gemessen, zugeschnitten und genäht was das Zeug hielt. Das Geschäft florierte und alle waren glücklich. Das Kostüm von Frau Göring wurde ein voller Erfolg.

Im Laden klingelte das Telefon am Tage darauf. Johanna war am Apparat. Sie brauchte dringend Hilfe und bat Josefine wieder um die Abholung des Kindes aus dem Kindergarten. „Ich hatte einen Schwächeanfall und sehr starke Schmerzen.", klagte Hanna. „Mach' dir bitte keine Gedanken, ich hole Danny ab; und wenn du willst, kann er bis Ladenschluss hier im Geschäft spielen.", antwortete Josefine. Hanna war einverstanden aber es blieb leider nicht bei dem einen Mal. Immer wieder war der drei Jahre alte kleine Junge unten im Laden, schaute zu wie genäht wurde und freundete sich hauptsächlich mit Klara an.

Josefine fuhr in ihrer freien Zeit mit ihrem Motorboot auf verschiedenen Veranstaltungen mit. Ein ausgefallenes Hobby für eine Frau, aber es machte ihr eben Spaß. Leider wird ihr eines Tages dieses Hobby Unheil bringen.

...

Danny weinte oft in der letzten Zeit. Denn auch das Kind merkte, dass es seiner Mutter schlecht ging. Immer öfter mussten Josefine und auch Klara den kleinen Danny wieder auffangen. Es war Anfang Dezember, als Johanna ins Krankenhaus musste. Dort versuchte man sie etwas zu stärken und ihr die Schmerzen zu nehmen. Doch die junge Frau wurde von Tag zu Tag schwächer.

„Guten Morgen Hanna.", flüsterte Josefine von Beck ihr ins Ohr. „Oh, Fine, schön dich zu sehen.", antwortete die totkranke Frau mit ungewöhnlich klarer und fröhlicher Stimme. „Fine, ich habe ein Testament gemacht. Es liegt in einem Wandtresor in meiner Wohnung.", sagte Johanna. In der Handtasche, die da drüben steht, ist der Schlüssel.", flüsterte sie nun. „Du hörst dich gut an, Hanna.", stellte Josefine fest. Johanna sprach: „Ja, aber ich fühle, dass ich nicht mehr lange lebe, darum müssen wir schnell klare Verhältnisse schaffen.

Josefine redete mit ruhiger Stimme auf ihre Freundin ein: „Liebe Hanna, ich will nicht drängen, aber wäre es nicht besser ich würde mich jetzt schon um die Adoption des Kindes kümmern?" Auch Hanna entgegnete ruhig: „Genau dies wollte ich dir sowieso raten, denn ich weiß, dass ich nicht mehr lange bei euch sein kann." Josefine blieb noch etwas, bevor sie sich von Hanna verabschiedete.

Danny hatte sich schon gut in der Nähstube eingelebt. Während Hannas Krankenhausaufenthaltes wohnte Fine in der Wohnung ihrer

Freundin, um sich besser um den Dreijährigen kümmern zu können. Klara und sie wechselten sich oft ab, denn die Nähstube durfte nicht vernachlässigt werden. Die Aufträge liefen gut und die Kundschaft war begeistert von der ausgefallenden Mode, die hochelegant war.

...

Frank Schulte ging es an diesem Morgen nicht so gut. Er verspürte einen komischen Druck in der Magengegend. Jedoch die Arbeit musste erledigt werden. Wieder führte ihn der Weg zur kleinen Nähstube von Josefine von Beck. Dieses Mal konnte Klara nicht die Ware entgegennehmen, da sie Danny betreuen musste. Immer neue und schönere Kleider wurden in der kleinen Nähstube fertiggestellt. Die zahlreichen Kunden, vorwiegend reiche Kunden, gaben eine Bestellung nach der anderen auf.

Etwas enttäuscht, Klara nicht zu sehen, fuhr Frank wieder weg, nachdem er die Ware ausgeliefert hatte. Langsam wurde dem jungen Mann klar, dass dieses Gefühl, welches er hatte, keine Krankheit war, sondern ein Gefühl der Verliebtheit. Er hatte sich doch tatsächlich in Klara verguckt.

Es wurde nun Zeit, dass Josefine etwas unternahm. Der Zustand von Johanna verschlechterte sich von Tag zu Tag. Das Testament hatte Johanna gefunden; und die Adoptionsunterlagen für den Jungen waren schon ausgefüllt. Mit dem schriftlichen Einverständnis von Hanna, und unter diesen schlimmen Umständen, wurde es ihr leicht gemacht mit der Adoption. Josefine ließ keine Zeit verstreichen und innerhalb von drei Wochen war die Adoption durch. In der Nähstube ging es hoch her. Das Weihnachtsgeschäft florierte und die Mädchen gaben sich alle Mühe um ihr Bestes zu geben. Es fielen schon die ersten Schneeflocken vom Himmel. „Hallo, Frau Nolte.", rief Josefine einer Kundin zu, die gerade in ihren Laden wollte. „Wie geht es ihnen, waren sie krank?", fragte Fine mit einem Frösteln in der Stimme, denn es war eisig kalt an diesem Morgen. „Ja, leider, ich hatte etwas länger und unerwartet im Krankenhaus gelegen.", meinte Frau Nolte, freundlich wie immer. „Gestern wurde ich entlassen.", lachte sie. Dann wurde sie leiser und ernster: „Ich habe im Krankenhaus gehört, dass ihre Freundin Johanna nun künstlich ernährt wird, weil es ihr sehr schlecht geht." Josefine, die gerade den Schnee vor dem Laden fegte, ließ sofort den Besen fallen und rannte aufgeregt in den Laden. Sie konnte aus Zeitmangel ein paar Tage nicht ins Krankenhaus fahren. Sie machte sich Vorwürfe. Nur durfte sie sich jetzt vor den Kunden nichts anmerken lassen. „Was kann ich denn für sie tun, Frau Nolte?", sprach sie die alte Dame an.

Die etwas kleine und gedrungene Frau war schon Stammkundin bei Fine. Sie nähte alles selbst, sogar ihre Tischdecken und Kissenbezüge. Dazu suchte sie sich immer die schönsten Stoffe aus und ließ sich diese zuschneiden.

„Klara, Klara, du musst Danny für ein paar Stunden beschäftigen, denn ich muss umgehend zu Johanna, ihr geht es schlecht.", rief sie nach hinten in den Raum, indem genäht wurde. Josefine konnte kaum ein verständliches Wort herausbringen: „Bau' doch mit dem Jungen einen Schneemann im Park, dann ist er erst mal abgelenkt." Leise antwortete ihr Klara, denn die Frauen konnten keine Ablenkung gebrauchen: „Klar, mach' ich doch, die Zuschnitte für die Aufträge sind ja schon fertig."

Die Tür von Hannas Zimmer stand offen. Hektisch liefen Ärzte und Schwestern hin und her. Josefine stand wie versteinert da. Sie musste sich zusammennehmen. „Was ist los?", rief sie dem vorbeilaufenden Arzt hinterher. „Wer sind sie denn, ich gebe doch nicht jedem Auskunft?", sagte der Arzt. „Mein Name ist Josefine von Beck.", antwortete sie verängstigt. Sie machte dem Arzt Dr. Keller klar, dass Johanna ihre Freundin sei. Weiter erklärte sie ihm, dass sie ihren Sohn adoptiert hatte. Mit sorgenvollen Blicken musste Dr. Keller nun erklären, dass Johanna im Sterben lag und dass man jeden Tag mit dem Schlimmsten rechnen müsse. Josefine von Beck betrat weinend das Krankenzimmer. Es war irgendwie anders.
Ja, den Tod konnte man riechen. Sie konnte ihn riechen. Den gleichen Geruch hatte sie in der Nase, als ihr Vater starb.

Johanna hatte die Augen zu. Sie befand sich in einem Dämmerschlaf aus dem sie nicht mehr erwachte.

...

Sie starb an Heiligabend. An diesem Heiligabend war man traurig, aber auch gleichzeitig froh, dass sich Hanna nicht mehr quälen musste. Der kleine Danny dachte überhaupt nicht an seine Mutter, sondern spielte ausgelassen mit seinem neuen Spielzeug. Er tollte herum und freute sich seines Lebens. Der Spalt zwischen Leben und Tot ist eben sehr schmal.

Den Heiligabend verbrachte Klara mit Josefine. Klaras Eltern lebten im Ausland. Damals war Klara gerade 18 Jahre alt, als Vater und Mutter sich entschieden, ein Bistro in Frankreich zu eröffnen. Seitdem leben sie dort.

Das junge Mädchen nahm sich früh eine Wohnung und wollte sein Leben selbst in die Hand nehmen. Sie ließ sich nicht überreden mitzukommen. Der Kontakt zu ihren Eltern war eher dürftig.

Jedenfalls hatte sich der kleine Danny an beide Frauen gewöhnt. Er sah Josefine als seine Mama an und sagte auch oft zu Klara Mama. Ändern wollte die beiden Frauen das nicht.

...

Es wurde Frühling. Die neuesten Modevarianten wurden ausprobiert, zurechtgeschnitten. Es wurde genäht und immer ein Hauch von Nostalgie in die Kleidung gebracht. Die Frauenwelt war begeistert und sie rissen Josefine quasi die Klamotten aus der Hand.

Frank Schulte hatte es sich zur Aufgabe gemacht, die kleine Nähstube jedes Mal selbst zu beliefern, wenn die Stoffe ankamen. Auch an diesem warmen Frühlingstag war  der Lkw fast voll mit Stoffballen und Nähutensilien, sowie Ankleidepuppen für das Schaufenster. Da der Lastwagen schon ein gewisses Alter auf dem Buckel hatte, konnten die Mädchen im Laden hören, wenn er kam.

„Frank ist da.", rief Klara euphorisch. Sie rannte heraus und lief ihm lachend entgegen. „Hallo Klara.", grinste der junge Mann. Franks und Klaras Augen trafen sich und sie sahen sich minutenlang an. „Was ist denn los da draußen?", rief Josefine ungehalten.

Sie wartete schon ungeduldig auf die Ware, denn es lagen schon wieder neue Aufträge vor. „Ja, ja, ich mach' schon.", antwortete der verliebte Fahrer. Frank fuhr wieder zurück und schaute noch mal in den Rückspiegel, um eventuell noch etwas von Klara sehen zu können.

„Na, Klara, bist wohl verknallt, oder?", fragte vorsichtig eine Kundin nach, die alles aus dem Laden heraus beobachten konnte. „Ja, bin ich wohl, Frau Behrens, bin ich.", lachte die junge Frau.

Josefine war schon ganz aufgeregt. Sie hatte Klara beauftragt auf Danny aufzupassen, denn es stand wieder mal eine Motorboot-Regatta auf dem Möhnesee an. Sie hatte eine Einladung von einer Cousine aus Belgien bekommen. Ihr Onkel Sigmund zog damals mit seiner Familie nach Belgien, um dort einen Weinberg zu übernehmen und ist dann für immer geblieben. Rosa ist zwei Jahre jünger als Josefine.

Außer hin und wieder eine Karte hatte sie kaum Kontakt zu ihr. Sie hatten aber eine gemeinsame Leidenschaft. Diese Leidenschaft bezog sich auf den Motorboot- Sport. Am Tage der Veranstaltung war Fine über alle Maßen aufgeregt. Sie vergaß alles um sich herum. Rosa hatte viel Ähnlichkeit mit ihr, nur die Haare waren blond statt braun, wie bei Josefine. Aber was spielte das für eine Rolle.
Der Menschenauflauf am Möhnesee war an diesem Sonntag enorm. Es war Mai und schon recht warm. Alle Sitz-und Stehplätze waren belegt und alle fieberten dem Start entgegen.

Seit 10 Jahren betreibt Josefine den, nicht gerade ungefährlichen, Sport. Dazu musste sie einen Sportboot- Führerschein machen und brauchte auch eine Lizenz.

Sie hatte damals von ihrem Vater einen Außenborder bekommen, in rot, ihrer Lieblingsfarbe. Das Boot war offen und für Rundstreckenrennen ausgelegt, der sogenannten Formel 125.
Zwei Mal hatte sie dem Tot in die Augen sehen müssen, bei diesem gefährlichen Sport. Anfangs konnte Josefine mit der Schnelligkeit des Bootes nicht umgehen. Sie überschlug sich ein paar Mal und fiel sogar ins Koma, aber man holte sie immer wieder zurück.

...

„Wo ist Mama?", rief Danny Klara zu, die gerade in der kleinen Küche für den Jungen ein Essen zubereitete. „Mama kommt heute Abend wieder, mein Schatz, sie muss noch arbeiten.", antwortete Klara. „Kannst du denn nicht meine Mama sein, Klara?", fragte er. Es war herzzerreißend.

„Aber Danny, natürlich kann ich deine Mama sein, aber du hast sogar zwei Mamas, das ist noch schöner.", meinte Klara mit einem fröhlichen Gesicht. „Du und Mama?" „Ja, Danny.", lachte die junge Frau und nahm den Kleinen auf den Arm.

...

Die Woche begann hektisch. Viele Änderungen mussten in der kleinen Nähstube vorgenommen werden. Die Kunden belagerten förmlich den Laden. Es wurde zugeschnitten, anprobiert, getrennt und wieder vernäht. Das Geschäft florierte ordentlich. „Hallo Josefine!", rief eine piepsige Stimme. Rosa, ihre Cousine war wieder in Königsborn.
Sie wollte Josefine einen kleinen Besuch abstatten.

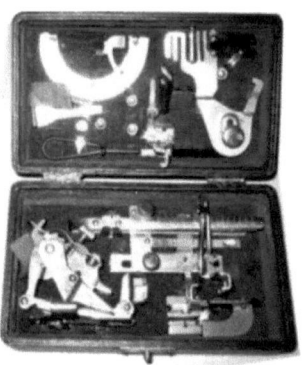

„Ich glaube, diese Stadt könnte mir sehr gefallen, denn Königsborn hat eine Seele.", sprach sie leise. „Ach Rosa, komm' doch einmal mit nach hinten, ich will dir die Nähmaschinen und den Arbeitsbereich der Mädchen zeigen.", sagte Fine.

Rosa ging mit und war begeistert. „Es sieht ja aus wie in einer Puppenstube. Die bunten Stoffe und die Ankleidebüsten sind ein ganz besonderer Blickfang." Josefine erklärte ihr, dass sie nur die edelsten Stoffe für ihre Kundschaft bereitstellen würde. „Aber der Grund, warum ich gekommen bin, ist folgender", sagte Rosa.
Sie erklärte Josefine, dass in acht Wochen wieder ein Rennen auf dem Möhnesee stattfindet und ob ihre Cousine denn Lust hätte, mit ihr daran teilzunehmen. „Da fragst du noch, Rosa, natürlich habe ich Lust.", lachte Fine. „Ich muss nur bis dahin mein Boot wieder flott bekommen, da stimmte schon beim letzten Rennen etwas mit dem Vergaser nicht.", meinte Josefine. Freudestrahlend verabschiedeten sich die beiden Frauen und blieben bis dahin telefonisch in Kontakt. Fine dachte: „Komisch, ich verstehe nicht, warum ich nicht viel eher mit Rosa zusammengekommen bin."

Das Telefon klingelte in der Nähstube. Frank Schulte war am Apparat. Es wollte Klara sprechen. Aufgeregt und verliebt ging sie ans Telefon. „Hoffentlich merkt man mir nichts an.", dachte sie. Frank fragte sie, ob sie Lust hätte, mit dem kleinen Danny auf einen Sparziergang im Park, mit anschließendem Eis essen, mitzukommen. Klara zögerte noch etwas, stimmte dann aber zu; und der kleine Danny freute sich riesig.

Der Termin für das Rennen rückte immer näher und Josefine musste noch viel an ihrem Rennboot in Ordnung bringen. Der Vergaser ihres Bootes war völlig verschmutzt. Mühevoll reinigte sie ihn in einem Ultraschallbad mit entsprechenden Lösungsmitteln. Ungefährlich war die Angelegenheit für eine Frau nicht gerade. Man sah es Josefine nicht an, aber sie war zäh wie Leder. Es war nicht das erste Mal, dass der Vergaser Probleme machte und sie hoffte mit der Reinigung das Problem gelöst zu haben. Josefine war so dreckig, man hätte sie fast nicht wiedererkannt.

„Hallo Fine!", rief eine freundliche Stimme hinter ihr. „Ach, Klara, wo kommst du denn her?", antwortete Josefine überrascht. „Frank und Denny sind auch hier, sie sitzen im Auto.", sagte Klara fröhlich. „Ich wollte nur Bescheid sagen, dass wir mit Danny in den Park fahren.", sagte Klara. „Ich hoffe, du bist damit einverstanden.", lachte Klara.

Natürlich war Josefine damit einverstanden. Eigentlich konnte sie nur froh sein, dass ihr Kind auch zu Klara einen guten Kontakt aufgebaut hatte. Klara konnte die kleine Nähstube ruhig für ein paar Stunden verlassen, denn sie hatte gute Vorarbeit geleistet. Außerdem hatte sie verständnisvolle Kolleginnen. Josefine war da sehr streng, denn der Laden musste laufen. Ausfälle konnte sie sich nicht erlauben, nicht des Geldes wegen, denn der Kunde ist König.

„Alles klar Klara, ich wünsche euch noch einen schönen Tag, haut schon ab.", lachte sie. Kurz darauf fuhr Josefine in den Laden zurück. Der Vergaser war gereinigt und sie konnte das bevorstehende Rennen kaum erwarten. Klara, Frank und Danny hatten einen wunderbaren Tag. Sie gingen anschließend noch zum Eis essen. Sie unterhielten sich über ihre Zukunft. „Weißt du, Klara, ich muss dir gestehen, dass ich mich in dich verliebt habe.", sagte Frank mit einem hochroten Kopf.

„Klara, willst du Frank heiraten?", quietschte Danny fröhlich. Sie mussten beide lachen und schauten sich dabei tief in die Augen. Klara wollte es noch nicht zugeben, aber sie musste sich jetzt doch eingestehen, dass auch sie Frank sehr liebt.

Frank Schulte ließ nicht locker. Mindestens einmal in pro Tag, bevor er mit seinem klapprigen Renault 4 in die Spedition fuhr, kam er in der kleinen Nähstube vorbei und wollte Klara sehen. Einmal kaufte er nur ein paar Maschinennadeln oder Garn, nur um mit der jungen Frau ins Gespräch zu kommen. Diese Ausdauer und Geduld imponierte ihr.

Zudem empfand sie sein Äußeres als sehr attraktiv. „Komisch, dass mir das vorher nicht aufgefallen ist? Oder kommt es nur daher, dass ich so verliebt bin?", überlegte sie. „Frank, hast du Lust mit mir heute Abend essen zu gehen?", fragte sie den verdutzten jungen Mann, der sehr überrascht von ihrer Direktheit war.

„Aber ja, da fragst du noch, Klara.", sagte er. Frank holte sie am Abend ab. Klara hatte eine kleine Zweizimmer-Hinterhof-Wohnung in einem Haus, welches tatsächlich noch zwischen dem 18 und 19. Jahrhundert erbaut wurde. Durch eine gründliche Außensanierung sah es aus wie neu gebaut. Klara hatte ihr schönstes Kleid angezogen. Ganz in schwarz, nur mit einer weißen Ansteck-Rose.

Klara war eine adrette junge Frau. Keine Schönheit, aber sie hatte etwas Anziehendes in ihrer Ausstrahlung. Frank war begeistert als er sie sah, denn ihre Figur war einfach toll.

...

Josefine fieberte dem Rennen ungeduldig entgegen. Rosa nervte sie auch fast jeden Tag mit Anrufen. „Fine, bitte schau an deinem Rennboot alles richtig nach, damit nichts passieren kann. Ein wenig Angst habe ich schon.", sagte Rosa. „Aber Cousinchen, denke so etwas gar nicht erst." Tatsächlich hatte Josefine alles gründlich nachgesehen und repariert. Also glaubte sie, ein sicheres Rennboot für die kommende Regatta zu haben.

Königsborn in den siebziger Jahren war nicht mehr vergleichbar mit dem Königsborn im 19. Jahrhundert, als Luise noch lebte.

Der Straßenverkehr hatte erheblich zugenommen. Die Mode ist bunt und natürlich können bei den Damen die Röcke nicht kurz genug sein. Die Beatles, und natürlich auch andere Gruppen, machten die Radiosender unsicher und die Jugend verrückt.

Tragbare Radios und Cassetten Recorder wurden überall mit hingenommen. Nur in der kleinen Nähstube von Josefine scheint die Zeit stehengeblieben zu sein. Der nostalgisch eingerichtete Laden erinnerte immer wieder daran, als Luise, Josefines Großmutter,

in Bad Königsborn eine Persönlichkeit war. Fine, so nannte man die junge Frau oft, hatte ihre Großmutter vergöttert. Sie tat alles, um die Erinnerung an sie, aufrecht zu erhalten.

„Guten Tag, die Damen.", ertönte eine freundliche Stimme. Eine ältere Dame, die gerade den Laden betrat, fragte nach, ob ihr neues Kostüm schon fertig sei. „Ja, Frau Sültz, es ist gerade fertig geworden.", antwortete Klara von hinten aus dem Arbeitsraum. Die ältere Dame, Frau Helene Sültz, probierte es an und musste zu ihrem

Entsetzen feststellen, dass sie wieder zugenommen hatte. Doch dies war kein Grund für das Team alles fallen zu lassen. Im Gegenteil, auch in solchen Situationen mussten sie die Ruhe bewahren und mit Freundlichkeit die Situation entschärfen. Frau Sültz besaß mit ihrem Ehemann Paul am Salzweg ein großes Stück Land. Obst und Gemüse ernteten sie in großen Mengen. Auf dem Wochenmarkt verkauften sie ihre Ware. Vorfahren von ihnen waren noch mit dem Salzabbau beschäftigt. Der Name **Sültz** bedeutet **Alte Salzmeister**.

Damals in Bad Unna-Königsborn, des Königs Sole-& Salz-Brunnen

...

Am Tage des Rennens holte Rosa Josefine ab. Die Boote standen schon alle am Möhnesee. Beide Frauen waren ausgelassen und freuten sich auf die Regatta. Im Cabrio von Rosa sangen sie zu der neuesten Musik und alberten herum. Es war alles voller Leute, die um den See verteilt saßen und gespannt auf den Start warteten. Die Rennboote wurden noch mal gründlich auf Fehler untersucht.

„Mensch Rosa, ich bin so aufgeregt.", sagte Fine. „Wenn ich das Rennen wenigstens halbwegs gut überstanden habe, werde ich morgen verkünden, dass ich mein Testament geändert habe und Klara mit dem Jungen als alleinige Erben meines Vermögens eingesetzt habe.", meinte Josefine. „Anschließend gibt es ein schönes Essen für meine Angestellten und für dich Rosa."

Der Start rückte immer näher. Die Fahne wurde hochgehalten.

Und los! Die bunte Flagge ging nach unten. Schneller und immer schneller flitzten die Boote, nein, sie schwebten förmlich über das Wasser. Sie berührten kaum die Oberfläche.

Josefine bekam zum ersten Mal richtig Angst, denn sie konnte plötzlich das Tempo des Bootes nicht mehr regeln. Sie hatte es nicht mehr unter Kontrolle. Panisch hielt sie sich am Ruder fest. In dieser auswegslosen Situation glaubte sie immer noch, dass sich alles zum Guten wenden würde, doch Josefine irrte sich.

...

Frank Schulte und Klara Lindemann trafen sich immer öfter und jedes Mal war der kleine Danny dabei. Aber die beiden hatten trotzdem immer riesigen Spaß zusammen. Den kleinen Danny hatten sie längst in ihre Herzen geschlossen.

Klara hatte schon seit einigen Stunden ein unangenehmes Gefühl in der Magengegend. Dies bekam sie immer dann, wenn ein negatives Ereignis bevorstand.

...

Das Boot geriet völlig außer Kontrolle. Josefine schaffte es nicht mehr. Alles ging furchtbar schnell. Kaum jemand hatte mit dem gerechnet, was nun geschah. Rosa fuhr mit ihrem Boot in einem sicheren Abstand zu Josefine. Gegen ihren Willen, musste sie mit ansehen, wie Fine verunglückte. Der Außenborder überschlug sich plötzlich in unglaublicher Geschwindigkeit mehrmals hintereinander.

Der Motor fing Feuer und eine riesige Explosion schleuderte Josefine aus dem Boot, oder aus dem, was noch von ihm übrig blieb.

In Windeseile war die Rettungsmannschaft an Ort und Stelle. Sie holten Josefine aus dem Wasser. Mit schwersten Verbrennungen und Knochenbrüchen wurde sie ins nahegelegene Krankenhaus geflogen. Die Bootsregatta musste abgebrochen werden. Rosa fuhr so schnell wie möglich ins Krankenhaus. Sie informierte alle Mädchen und vor allem Klara. Sie war wie eine Schwester für Josefine. Auch Danny hatte viel Liebe und Zuneigung für Klara entwickelt. Das Telefon klingelte. Klara war gerade dabei, für Danny Essen vorzubereiten. Immer wenn Fine unterwegs war, erklärte sie sich bereit, auf das Kind aufzupassen. „Klara, hier ist Rosa.", rief eine aufgeregte Stimme durch das Telefon. „Ja, was ist denn, sag schon, Rosa?", antwortete Klara. „Ich weiß nicht, wie ich es dir sagen soll, Klara.", erwiderte Rosa. Rosa versuchte Klara begreiflich zu machen, dass Josefine schwer verunglückt ist. Sie erklärte ihr auch, wie es dazu kam und in welchem Krankenhaus sie liegt. „Bitte Klara, kannst du den anderen Mädchen Bescheid sagen?", sagte Rosa und weinte heftig.

Danny wurde weiterhin von Klara oder den Mädchen liebevoll betreut. Das Kind wusste von nichts und man wollte ihm auch nichts sagen. Auch Klaras Verlobter Frank Schulte kümmerte sich so oft er konnte um den Jungen, als wenn es sein eigener Sohn wäre. Sie gingen spazieren, fuhren zum Eis essen oder gingen in den Park. Auch ihn verband sehr viel mit dem Kleinen.

Von Tag zu Tag ging es Josefine schlechter. Ihre Verbrennungen und Brüche waren zu schwerwiegend. Die Ärzte konnten ihr leider nicht mehr helfen. Man rechnete täglich mit dem Tod. Der zuständige Stationsarzt konnte nicht fassen, dass eine so junge Frau schon sterben musste. „Nun, sie war sich wohl nicht über die Gefahren im Klaren, die dieser Sport mit sich bringt.", dachte Dr. Keller.
Noch bevor Klara ihre Freundin im Krankenhaus besuchen konnte, verstarb Josefine an ihren schlimmen Verletzungen.

Gut, dass sich die beiden schon vor ein paar Wochen ausgesprochen hatten. Es wurde besprochen, was geschehen sollte, wenn Josefine frühzeitig sterben sollte. Der grausame Tod von Fine machte alle sehr nachdenklich.

Die kleine Nähstube sollte weiterhin tolle Mode kreieren und Modelle nähen. Kurz gesagt, das Leben musste einfach weitergehen, so oder so. Danny durfte nichts merken von all den Sorgen. Er war ein neugieriger und wissbegieriger Junge, der sein kleines Köpfchen mit schönen Dingen gefüllt hatte.

Klara und ihr Verlobter mussten nun sehr schnell handeln. Da sie in den nächsten Wochen sowieso heiraten wollten, überlegten sie nicht lange und bestellten das Aufgebot. Dank der Hilfe von Rosa konnte eine Adoption beschleunigt werden. Rosa hatte eine Freundin im Jugendamt, die den Fall bearbeitete. Das Amt stellte fest, dass nicht nur Klara, sondern auch Frank und all die anderen das Kind auffingen und betreuten.

Die standesamtliche Trauung fand schnell statt. Danny streute Blumen und war guter Dinge. Klara übernahm kurze Zeit später die Nähstube

und die Angestellten. Josefine hatte Klara ihr gesamtes Vermögen
vererbt. Das schöne alte Herrenhaus in der Kamener Straße war
riesig. Die junge Frau, Frank und der kleine Danny waren nun eine
Familie. Sie zogen in das Herrenhaus, es wurden auch Pferde
angeschafft und Danny erlernte schnell das Reiten. Er war ein guter
Schüler und ein rundherum glückliches Kind. Noch wusste er nichts
von dem Schicksal seiner richtigen Mama und von seiner Adoptiv-
Mutter. Irgendwann würde Klara ihm alles sagen, aber jetzt sollte er
erst einmal seine Kindheit genießen.

Danny bekam noch ein Schwesterchen. Sie nannten die Kleine, sie
hatte lange schwarze Haare, Luise.

Das war die Geschichte von Luise, ihrer Schneiderei, ihrem Leben und ihrer Familie. Ganz zu Anfang erwähnte ich noch Konstanze. Sie war mit Luise eng befreundet, hatte ebenfalls eine gutgehende Schneiderei.

Im Alten Berlin um 1900

Sprichwörtlich ist das Berliner Tempo. Um 1905 lebten mehr als zwei Millionen Menschen in Berlin und Fahrzeuge aller Art belebten das Straßenbild. Von den elektrischen Wagen und Droschken, Drei- und Zweirädern, sah man viele herumfahren. Ein sehr lautes Getöse, das für den Provinzler kaum auszuhalten war. Die ersten Straßenbahnen fuhren, Geschäfte und Gastwirtschaften schossen wie Pilze aus dem Boden. Heinrich Zilles Milieu lebte. Alle waren glücklich und zufrieden. Zilles Bilder spiegelten das einfache Hinterhofleben wieder. Der typische Berlinerische-Dialekt gehörte natürlich dazu.

In dieser Zeit stand Berlin in voller Blüte. Die Industrie wuchs enorm. Es gab kaum Arbeitslosigkeit und ein pralles Nahrungsangebot war vorhanden. Die Einwohnerzahl stieg, da hier immer mehr Menschen aus dem Ausland leben wollten. Konstanzes Schneiderei am Potsdamer Platz florierte und klein Erna sah immer gern dem Leierkastenspieler zu, der in den Hinterhöfen für einen Groschen spielte. Dabei rutschten ihr die Strümpfe herunter und verträumt lutschte sie an ihrem Daumen.

Im Theater am Kurfürstendamm sang Josefine vor. Sie war gerade mit dem Gesangstudium fertig und hatte eine herrliche Sopranstimme.

Mit Konstanze und Luise aus Bad Königsborn war sie sehr befreundet. Ohne diese wunderbare Stimme wäre Josefine ganz bestimmt Schneiderin geworden.

Josefine war zwanzig Jahre jung, sah blendend aus und strahlte sehr viel Lebensfreude aus. Keiner wusste von ihrem Geburtsfehler. Geschickt konnte das Mädchen sein Problem verbergen. Mit langen Kleidern ging es gut, die Aufmerksamkeit auf andere Dinge zu lenken. Sie war sehr schön, hatte eine prächtige Stimme und eine gewaltige Ausstrahlung. Josefine bekam ohne Umschweife die Anstellung. Talentiert, wie sie war, bekam sie bald schon einige Angebote aus dem Ausland. Doch die junge Frau wollte nicht aus ihrer

Berlin · Schillerplatz mit Königl. Schauspielhaus

Heimatstadt heraus. Sie war aus gutem Hause. Ihre Eltern – Baron und Baronin Bergedorf zu Lippstein – bewohnten ein großes Herrenhaus in Charlottenburg. Josefine hatte dort eine ganze Etage für sich, mit herrlich eingerichteten Zimmern. Nein, warum sollte sie jemals ausziehen?

Das Theater am Kurfürstendamm war ständig ausverkauft, denn alle lagen der jungen Sopranistin zu Füßen. Josefine sonnte sich in ihrem Ruhm und ihre Eltern waren stolz auf sie.

Einige Jahre vergingen. Die Entwicklung Berlins ging rasant weiter. Josefine war mittlerweile eine gefragte Künstlerin und das Theater platzte jedes Mal aus allen Nähten, wenn sie auftrat. Doch eines Tages wurden ihre Eltern krank. Erst der Vater, der schließlich an einer Lungenentzündung starb und den sie bis zuletzt pflegen musste. Kurze Zeit später wurde die Mutter schwer krank und musste gepflegt werden.

Es vergingen wieder Jahre. Jahre der Pflege und des Stillstandes ihrer Karriere, denn während sie sich um ihre Eltern kümmerte, konnte sie nicht auftreten. Josefine sah man an, dass die Jahre nicht spurlos an ihr vorübergegangen waren. Sie wurde in einigen Monaten 26 Jahre alt und hatte, trotzdem sie lange nicht sang, ihre Stimme nicht verloren. Sie sprach und sang wieder im Theater am Kurfürstendamm vor. Und abermals nahm man sie auf und stellte sie an.

Der Erfolg kam zurück. Doch die Aufführung von Tristan und Isolde würde sie so schnell nicht vergessen. Während des zweiten Aktes, sie sang gerade ihre Arie, schrie jemand laut durch die Zuschauermenge: „Von der Bühne runter, einen Krüppel wollen wir nicht sehen!" Ein entsetztes Raunen ging durchs Publikum. Dann wieder der gleiche Zwischenruf. Dieses Mal noch lauter: „Hau' endlich ab, wir brauchen dich nicht!"

Josefine hörte es, rannte von der Bühne und verbarrikadierte sich in ihrer Kabine. Sie weinte laut und beruhigte sich nicht. Mit einem Mal waren alle ihre Zukunftspläne und ihr Selbstvertrauen zerstört. Sie ging aus dem Theater und lief kopflos auf die Straße. Josefine merkte nicht, dass hinter ihr ein junger Mann, elegant gekleidet und dazu noch gut aussehend, herlief. Er versuchte sie zu beruhigen. „Hallo, Fräulein Josefine, bleiben sie doch stehen, warten sie, ich möchte mich bei ihnen vorstellen."

Die Sopranistin drehte sich um und traute ihren Augen nicht. Was für ein Mann, dachte sie. Das kann es doch eigentlich gar nicht geben. Diese Schönheit war kaum zu fassen.
Sie blieb stehen und trocknete schnell mit einem Seidentaschentuch

Berlin.   Blick nach den Linden

ihre Tränen. Sie wollte nicht, dass dieser Herr sie so sah. „Ja, ja", stotterte Josefine, „schon gut, wer sind sie denn?" Der elegante Herr antwortete: „Ich will mich vorstellen. Mein Name ist Konsul Brinkhaus. Ich besuche regelmäßig ihre Vorstellungen und bin von ihrer Schönheit und natürlich von ihrer Stimme begeistert." „Aber warum laufen sie mir nach? Mir kann doch niemand helfen. Und auf diese Bühne gehe ich nicht zurück. Ich schäme mich so."

„Josefine", sagte Konsul Brinkhaus, „bitte hören sie mir mal zu.
Ich bin der Meinung, dass es schändlich ist, was da passierte.
Was dieser Mensch sich dabei gedacht hat, weiß ich nicht, aber
ich weiß eines, sie sind jung, schön und unglaublich talentiert.
Ihre Stimme hat einen besonderen Klang. Etwas Liebliches klingt
darin mit, wenn sie singen. Darum bitte ich sie, weiterzumachen.
Nehmen sie keine Rücksicht auf diese Neider. Sie hassen, weil
sie selbst nicht erfolgreich sind. Das hat wenig mit ihnen zu tun."
„Herr Konsul, wenn ich ihnen doch nur glauben könnte." „Josefine,
das können sie. Außerdem bitte ich sie, mich bei meinem Vornamen
zu nennen. Ich heiße Lorenz. Ich habe längst erkannt, was in ihnen
steckt und ich sah ihre Behinderung, die aber für mich nicht existiert,
da ich mich ... "

Er stockte und wollte nicht weiter reden. Josefine errötete heftig
und wäre am liebsten ganz tief in den Erdboden versunken. „Lorenz,
wissen sie, ich wurde so geboren und bin damit bisher gut durchs
Leben gegangen. Meine Eltern sind kurz nacheinander verstorben.
Ich hatte sie gepflegt, sie waren krank. Nun wohne ich allein in dem
großen Herrenhaus in Charlottenburg und wollte mir den Traum von
der großen Operndiva erfüllen. Aber ich bin erst mal schockiert."
„Darf ich sie zum Essen einladen?", fragte Konsul Brinkhaus.
„Natürlich dürfen sie", sagte Josefine, „schon allein deswegen,
weil sie so liebenswürdig sind und mich aufheitern wollen."
„Gut", sagte Lorenz, „dann treffen wir uns morgen im Restaurant
Unter den Linden um 18 Uhr?" „Das ist mir recht", entgegnete
die junge Frau. „Und nun", sagte Brinkhaus, „gehen wir gemeinsam
zurück zum Theater und reden mit den Leuten." Josefine war
einverstanden.

Am nächsten Tag trafen sie sich zum Essen und die Stimmung zwischen ihnen war locker und freudig. Josefine ging aus sich heraus und war noch nie so mit sich im Reinen. Sie fühlte etwas Wunderbares. Konsul Brinkhaus war sehr witzig und seine lockere Art gefiel ihr ausgesprochen gut. Josefines Selbstwertgefühl stärkte sich wieder. Sie trafen sich nach fast jeder Vorstellung und Lorenz gestand ihr seine Liebe. „Auch ich finde sie sehr liebenswert. Jedoch, um sie zu lieben, benötige ich noch etwas Zeit." Der Konsul hatte Verständnis und wartete. Bis dann doch eines Tages der Zeitpunkt gekommen war, um ihr einen Heiratsantrag machen zu können. Sie heirateten

Charlottenburg Schloss

prunkvoll und viele Gäste kamen zur Hochzeit.
Das Herrenhaus von Josefine verkauften sie und beide zogen in die Villa des Konsuls.

Josefine und Lorenz bereisten die ganze Welt, denn die Stimme der jungen Frau war überwältigend und alle lagen ihr zu Füßen. Sie wurden sehr glücklich und das Leben im alten Berlin ging weiter.

...

Zille malte seine Bilder, der Verkehr auf den Straßen wurde immer rasanter, die Gartenlokale und Geschäfte florierten. Konstanzes Schneiderei konnte sich vor Aufträgen kaum retten. Es ist immer wieder eine Freude, aus dem alten Berlin zu berichten, denn diese schöne Zeit werden wir stets in guter Erinnerung behalten.

Informationen zu Königsborn

Heute ist Königsborn der nördliche Stadtteil und Ortschaft der Kreisstadt Unna in Nordrhein-Westfalen.

Der Ortsname „Königsborn" bedeutet des Königs Brunnen und geht auf einen dort erstmals mit finanzieller Hilfe des Königreichs Preußen im Jahr 1734 abgeteuften gleichnamigen Solebrunnen zurück.

Aber bereits seit dem Mittelalter (1389) wurde im Bereich des heutigen Königsborn Kochsalz aus Sole gewonnen. Salz ist das weiße Gold. Hier war die Salzgewinnung entlang des Hellwegs, so auch in Königsborn, von großer Bedeutung. Das gesiedete Salz wurde teilweise über zur Lippe transportiert. Später wurde die Sole auch für gesundheitliche Zwecke genutzt. Neben der Saline Königsborn förderte seit 1841 auch der Rollmannsbrunnen (Kamen-Heeren) salzhaltiges Wasser. 1734 gründete der preußische Staat dann die Saline Königsborn und baute sie zur wichtigsten Saline in Westfalen aus. Der 1750 errichtete Windpumpen-Rundturm am Friedrichsborn, samt Pumpenwärterhäuschen (Fachwerk), erinnert noch heute an den damaligen Salinenbetrieb (das Windrad wurde vor 1925 abgebaut). Ebenfalls zur Soleförderung nahm die Saline Königsborn 1799 die erste Dampfmaschine (genannt „Feuermaschine") in den preußischen Westprovinzen in Betrieb, noch vor dem Einsatz von Dampfmaschinen zur Wasserhaltung im Steinkohlebergbau. Zur Steigerung der Effektivität entschloss man sich nämlich, die Zuführung des Wassers auf die Gradierwerke zu mechanisieren. Bis dahin hatte nämlich die Salinenarbeiter die Sohle mühsam per Handarbeit auf die Gradierwerke gebracht. Es entstanden nun je zwei so genannte Rosskünste und Windkünste im Unnaer Norden. Unter der Rosskunst versteht man eine Hebevorrichtung, die durch Pferde angetrieben wird, während eine Windkunst eben durch Wind angetrieben wird. Mit der zunehmenden Erschließung der Salzvorkommen und dem Ausbau zum Soleheilbad am Anfang des 19. Jahrhunderts, gewann der Ort als Bad Königsborn überregionale Bedeutung. Während von den Rosskünsten nichts mehr erhalten blieb, hat die Windkunst am Friedrichborn bis heute überlebt, wenn auch in leicht veränderter Form und Funktion. Die Windkunst am Friedrichsborn war als Turmwindmühle nach holländischer Art konstruiert. Kennzeichnend für holländische Windmühlen war eine gemauerte, feste Turmkonstruktion, auf der als Abschluss eine Kappe (ein kleiner beweglicher Dachaufbau) montiert war. An der Kappe waren vier große Flügel angebracht. Die bewegliche Kappe ermöglichte es, die Flügel auf die Windrichtung auszurichten. Die Flügel trieben die Wasserhebevorrichtungen an. Hier kamen Wasserräder und/oder Wasserschnecken zum Einsatz, was heute nicht ganz festgelegt werden kann. Auch die Flügel, die am Bau sicher sein charakteristisches Aussehen gegeben haben, sind längst abgebaut.

Die salzhaltige Sole wurde mehrmals über Gradierwerke (die Sole rieselt hier über Reisig-Zweige) geleitet, um sie zu konzentrieren. Danach verdunstete man den Wassergehalt in großen Siedepfannen, so dass das reine Salz übrig blieb. In Königsborn förderte, wie gesagt, die erste Dampfmaschine Westdeutschlands (die Feuermaschine) seit 1799 die Sole zu Tage. Die Gewinnung der Sole ging mit dem Beginn der Kohleförderung zurück, da sie bei den Schachtteufen häufig versiegte.

Zwar blieben die Salzgewinnung und der Kurbetrieb bis 1940/41 ein wesentlicher Wirtschaftszweig von Königsborn. Parallel hatte jedoch die bis 1966 andauernde industrielle Förderung von Steinkohle durch die Zeche Königsborn seit 1874 zu einem tiefgreifenden Strukturwandel in der Königsborner Region geführt. So wurde 1876 die Bahnstrecke von Dortmund-Süd über Unna-Königsborn und Lenningsen nach Welver eingerichtet. Seit Gründung der Adlerbrauerei 1867 verfügte Königsborn auch über eine eigene Brauerei am Standort des heutigen Kreishauses.

Kurbetrieb und Industrialisierung führten zu einer regen städtebaulichen Entwicklung. Im Kurpark und in unmittelbarer Nähe dazu entstanden ein Kurhaus und ein Badehaus sowie eine Kurklinik (Villa Quisisana). Zwar sind diese drei Gebäude inzwischen zerstört, jedoch zeugen auch heute noch viele historische Gebäude von der Blütezeit Bad Königsborns. Im Kurpark, neben dem Standort des früheren Kurhauses, das restaurierte Amtshaus (damalige Verwaltung des Solebetriebs) und das ebenfalls sanierte Siedeinspektorhaus. Auf der anderen Seite der heutigen Friedrich-Ebert-Straße ist u.a. das ehemalige Siedemeisterhaus und spätere Posthaus (Friedrich-Ebert-Str. 76) erhalten. Von der üppigen Parkausstattung sind der früher an einem Teich gelegene Monopteros (ein runder weißer Säulenbaldachin im Stil des Klassizismus) noch vorhanden, sowie mehrere kleine Denkmäler, unter anderem für Friedrich Grillo und Reinhard Effertz.

Auch entlang der Friedrich-Ebert-Straße (früher Kaiserstraße) am Kurpark haben sich viele historische Gebäude erhalten: Hier entstanden Wohn- und Geschäftshäuser in unterschiedlichen Stilen des Historismus. Einige wurden von Salinenbeamten bewohnt (Doppelvilla Friedrich-Ebert-Str. 84/86), andere wurden von Industriellen und anderen wohlhabenden Unnaer Bürgern als Privathäuser errichtet. Hierzu zählt etwa die Villa des Besitzers der Adlerbrauerei und namhaften Ingenieurs August Klönne (heute Friedrich-Ebert-Str. 60, durch ein zusätzliches Stockwerk architektonisch entstellt), in der ab 1928 das Hellweg-Museum untergebracht war.

Bedeutende Solitärbauten sind vor allem das ehemalige Verwaltungsgebäude der Firma Klöckner und heutige Amtsgericht Unna, das stilistisch deutliche Art-déco-Anklänge erkennen lässt, sowie die evangelische Christuskirche (Jugendstil) und der Backsteinbau der katholischen Herz-Jesu-Kirche (Neugotik). Aus der ehemaligen Kinderkurklinik (Barmer Ferienkolonie), gegenüber dem Friedrichsborn, entwickelte sich das heutige Lebenszentrum Königsborn.

Königsborn war nicht nur ein bedeutender Standort für die Salzgewinnung, sondern auch eines der frühesten Solebäder in Westfalen. Nach zunächst erfolgreichem Betrieb des mit Sole aus der Saline Königsborn versorgten, im Jahre 1818 eröffneten Luisenbades, kam es 1860 zur Schließung. Doch ein im Jahr 1852, ursprünglich nur für Beschäftigte der Saline Königsborn, eingerichtetes Badehaus, wurde nach dem Kauf der Saline durch Friedrich Grillo im Jahr 1881 groß ausgebaut und verlieh Königborn in den folgenden Jahrzehnten den Status eines bekannten Kurbades. Ebenso wie für die Saline wurde auch hier die importierte Sole aus Hamm genutzt, bis am 15. Oktober 1941 das Sol- und Thermalbad Königsborn seine Pforten schloss. Das Badehaus mit seiner reich verzierten Fassade musste 1958 einer Schule weichen. Heute erinnert eine salinengeschichtliche Abteilung im Hellweg-Museum der Stadt Unna an die Zeit der Salzproduktion. Die 1932 stillgelegte Dampfmaschine ist im Deutschen Bergbau-Museum in Bochum zu besichtigen.

Danke für Ihr Interesse

Renate & Uwe H. Sültz, Königsborn 2020